EXPOSÉ

PAR

LE GOUVERNEMENT DE NICARAGUA

DES FAITS RELATIFS AUX POINTS EN DISCUSSION

AVEC LE GOUVERNEMENT

DE

SA MAJESTÉ BRITANNIQUE

PARIS

TYPOGRAPHIE GEORGES CHAMEROT

19, RUE DES SAINTS-PÈRES, 19

1879

EXPOSÉ

PAR

LE GOUVERNEMENT DE NICARAGUA

DES FAITS RELATIFS AUX POINTS EN DISCUSSION

AVEC LE GOUVERNEMENT

DE

SA MAJESTÉ BRITANNIQUE

PARIS
TYPOGRAPHIE GEORGES CHAMEROT
19, RUE DES SAINTS-PÈRES, 19

1879

PRÉLIMINAIRES

Le 7 juillet 1877, l'honorable Sidney Locock, ministre britannique résident dans le Centre-Amérique, dirigea une communication à la chancellerie d'État de Nicaragua, exigeant le paiement immédiat des sommes réclamées par les Indiens Mosquitos, en vertu de la subvention stipulée en leur faveur dans la convention de Managua du 28 janvier 1860.

Il déclarait, entre autres choses, dans ce document : « Qu'afin d'éviter à l'avenir des interprétations erronées, il rappelait au gouvernement de Nicaragua qu'à l'égard du paiement dû au chef mosco, ce paiement ayant été assuré au gouvernement de Sa Majesté Britannique par une clause formelle du traité avec la Grande-Bretagne, comme une des conditions pour abandonner le protectorat mosco, le gouvernement de Sa Majesté possédait l'incontestable droit de veiller à ce que les stipulations de ce traité fussent fidèlement remplies, et que si Nicaragua ne faisait pas les efforts nécessaires pour acquitter ses engagements, il se trouverait, quoique à regret, forcé d'intervenir pour en obtenir l'exécution. »

Le gouvernement de Nicaragua répondit le 11 août

qu'il était disposé à payer sa dette, dès qu'il se verrait pratiquement souverain dans le territoire de la *Reserva*.

Le 25 du même mois, M. le ministre britannique répliqua à cette communication, en insistant sur son argument, et, le 20 septembre, il dirigea une nouvelle dépêche, annonçant que M. Alejandro Gollan, consul de Sa Majesté à San Juan del Norte, se rendrait dans la capitale de Nicaragua, porteur d'instructions de son gouvernement et comme agent spécial du chef mosco, afin d'effectuer l'arrangement final de cette réclamation.

Le gouvernement de Nicaragua répondit, en ces termes, le 1er novembre :

« Aussitôt que d'un commun accord ou par une décision arbitrale seront clairement définis les droits et devoirs qui incombent à Nicaragua dans le territoire de la *Reserva* comme souverain de ce territoire, suivant le traité du 28 janvier 1860, le gouvernement paiera la somme de trente mille huit cent cinquante-neuf piastres trois centavos ($ 30,859 03), reliquat des cinquante mille piastres (£ 50,000), stipulés comme subvention pour les Indiens Mosquitos.

Quant aux dix-neuf mille quatre cent quarante-sept piastres quatre-vingt-huit centavos ($ 19,447 88) réclamés à titre d'intérêts, Nicaragua ne se considère pas dans l'obligation de les acquitter, parce que la suspension du paiement en retard n'a point été déterminée par l'inexécution de ses devoirs ; mais par de justes motifs qui ont été allégués en temps opportun, et parce qu'en outre la dette n'est point de celles qui, par leur nature, portent intérêt. Il est toutefois disposé, pour ce point, à se soumettre à une équitable décision.

Pour empêcher la supposition que le gouvernement de Nicaragua, en sollicitant la solution définitive de toute question qui se rattache au traité de Managua, se propose uniquement de gagner du temps ou d'éluder le paiement, le gouvernement est disposé à consigner la quantité de trente mille huit cent cinquante-neuf piastres trois centavos ($ 30,859 03), dont il s'agit, à la Banque d'Angleterre pour que le gouvernement britannique puisse entrer en possession de cette somme, à partir du moment où la question tout entière aura été résolue par le moyen de l'arbitrage.

En prenant cette résolution, le gouvernement obéit aux raisons suivantes :

Il considère :

1° Que Nicaragua a signé la convention du 28 janvier 1860 dans la pensée qu'il restait souverain du territoire de la *Reserva*, sauf les restrictions formulées dans cette convention, c'est-à-dire qu'en exerçant ses droits de souveraineté, il devait respecter les us et coutumes des Indiens et les règlements qu'ils pourraient, de temps à autre, établir pour leur gouvernement intérieur, pourvu qu'ils ne fussent point incompatibles avec ses droits souverains; que cette interprétation l'a constamment dirigé dans la discussion de la question, et qu'elle se trouve consignée dans les instructions données au gouverneur-intendant de San Juan, le 5 janvier 1875, et dans un décret réglementant l'application de ces droits. Lesdits documents sont enregistrés dans le volume : *Foreign Relations of the United States,* part 1st, 1875, pages 150 à 152.

2° Que, contrairement à la lettre et l'esprit du traité, ce ne sont point les Indiens qui exercent le gouvernement de la *Reserva*, mais des sujets britanniques venus de la Jamaïque ou des créoles, leurs fils, lesquels y entretiennent un sérieux malaise, en affaiblissant l'influence qui revient légitimement à Nicaragua, comme souverain du territoire, et qui font usage de manœuvres ayant pour but le rétablissement du protectorat britannique ou tout au moins pour en laisser subsister quelque apparence, à la faveur de laquelle ils puissent maintenir la situation irrégulière de la *Reserva*, qui s'est administrée jusqu'aujourd'hui avec une indépendance absolue, sans constituer une souveraineté reconnue par les nations.

3° Que les Nicaraguayens sont fréquemment exposés à des vexations de la part des fonctionnaires, dits « Tuteurs des Indiens »; lesquels les ont expulsés récemment du territoire, en commettant différents autres actes, profondément attentatoires à la souveraineté du Nicaragua.

4° Que si Nicaragua acceptait la souveraineté du territoire de la *Reserva* avec le caractère qu'on a prétendu lui assigner, c'est-à-dire comme un simple droit de domaine ou de propriété, empêchant les Indiens de l'aliéner en faveur d'aucune personne ou puissance, ainsi qu'il résulte du mémorandum de lord Stanley à notre ministre à Londres, du 19 septembre 1867, et que le constatent d'autres documents, il assumerait de graves responsabilités devant les pays étrangers pour les abus qui pourraient se commettre contre leurs sujets ou citoyens; lesquels dirigeraient indubitablement leurs réclamations à l'État, qui se trouve investi du titre de souverain, et que Nicaragua se verrait ainsi, sans provocation de sa part, exposé à de sérieux conflits internationaux pour des actes qu'il n'était pas en son pouvoir d'éviter.

5° Qu'il est d'une vitale importance pour Nicaragua de mettre un terme à cette question, en laissant clairement établis les droits et les obligations qui ressortent pour elle de la souveraineté, reconnue par la convention citée de 1860, tant pour qu'il puisse accomplir les actes dérivant de sa souveraineté dans l'acception technique du mot, et en conformité du susdit traité, que pour rechercher, de la manière la plus efficace, le moyen de sauvegarder sa responsabilité devant les nations pour tous les faits qui se produisent dans le territoire de la *Reserva*, au cas où, à l'encontre de ses plus intimes convictions, il en résulterait qu'il ne possède pas le droit de souveraineté qu'il croit lui appartenir, malgré le titre de souverain qu'il porte, et bien que ce titre lui soit reconnu par les diverses puissances.

Le ministre britannique fit savoir, le 20 mars 1878, que le gouvernement de Sa Majesté avait jugé la proposition du Nicaragua digne de considération; mais qu'ayant reçu ultérieurement des informations officielles sur les procédés du gouvernement nicaraguayen à l'égard de l'imposition de droits d'exportation à San Juan del Norte, il avait pensé que ces procédés rendaient difficile pour le gouvernement de Sa Majeste d'accepter une semblable proposition : il ajoutait que le gouvernement de Sa Majesté se refuserait à établir l'arbitrage, à moins que toutes les questions soulevées par le traité de Managua n'y fussent comprises, et que, comme conséquence formelle, le gouvernement nicaraguayen ne suspendît toutes les mesures prises à San Juan, et dont la légalité était, en vertu du traité, susceptible de discussion.

Le 4 avril suivant, le gouvernement de Nicaragua accepta l'arbitrage, avec l'extension proposée par le gouvernement de Sa Majesté Britannique, et il ordonna de surseoir aux effets du décret exécutif du 22 juin 1877 sur les droits d'exportation.

Le 8 juin 1878, le ministre britannique témoigna au gouvernement de Nicaragua la satisfaction avec laquelle le gouvernement de Sa Majesté, avait reçu l'offre de cette République de soumettre avec plaisir à l'arbitrage toutes les questions ressortant du traité de Managua, et appris qu'il avait donné des ordres pour suspendre le recouvrement de droits d'exportation à San Juan del Norte.

Le ministre britannique fit observer que le gouvernement de Sa Majesté examinerait avec soin les moyens propres à mener à fin l'arbitrage proposé, et qu'il ferait le plus tôt possible au gouvernement nicaraguayen une proposition à cet égard.

Le 29 du même mois, le gouvernement de Nicaragua rappela qu'il attendait la proposition du gouvernement de Sa Majesté pour conclure cet arbitrage.

Le 9 décembre 1878, le gouvernement de Sa Majesté proposa, comme arbitre, à l'acceptation de Nicaragua une des trois puissances, Autriche, Danemark ou Suède; ces États offrant les garanties les plus grandes d'impartialité pour n'avoir dans la question aucun intérêt, même le plus éloigné. Au cas où Nicaragua accepterait, le Cabinet britannique indiquait, comme mode de procéder, que chacun des deux gouvernements formulât la question et qu'ils échangeassent réciproquement ces écrits, afin de pouvoir les contester; ces contestations devaient être ensuite, conjointement avec l'exposé primitif du litige, soumises à l'appréciation de l'arbitre; le gouvernement de Sa Majesté demandait, en outre, qu'au dossier de la Grande-Bretagne fût annexée une exposition des faits par le chef mosco.

Le gouvernement de Nicaragua, ajoutant une égale confiance dans le sentiment impartial des puissances désignées, s'empressa d'accepter comme arbitre le gouvernement d'Autriche, de même que le mode proposé par le gouvernement britannique pour porter la question à sa connaissance; mais il fit en même temps observer qu'il ne lui semblait pas favorable au but poursuivi qu'on joignît aux annexes de la question britannique un exposé du chef mosco, attendu que cette contrée constituait une agglomération d'hommes sans représentation autonomique d'aucun genre, et qu'elle se trouvait placée, par la lettre et l'esprit du traité, sous la souveraineté de Nicaragua.

Après ces préliminaires, le gouvernement nicaraguayen s'occupa de formuler la question et d'établir le moyen de l'apprécier exactement, en récapitulant les faits depuis leur origine, afin que l'arbitre pût rendre un arrêt équitable et juste.

Le gouvernement de Nicaragua se propose de démontrer :

1° Que le territoire réclamé comme appartenant à la tribu mosquita, a toujours été sous la souveraineté de Nicaragua ; qu'il n'y eut jamais sur ce territoire une succession de caciques ou princes héréditaires indépendants, possesseurs de droits souverains, et que le protectorat britannique n'a existé ni ne saurait exister raisonnablement sur la tribu mosquita ;

2° Que jusqu'à ces derniers temps, ces relations supposées entre le gouvernement britannique et ladite tribu n'ont pas été invoquées officiellement ;

3° Que le but du traité passé entre Nicaragua et la Grande-Bretagne, le 28 janvier 1860, était de rétablir la possession et la souveraineté de Nicaragua sur le territoire mosquito, en assurant aux Indiens le respect de leurs usages et coutumes dans le gouvernement intérieur du territoire à eux réservé ;

4° Que ce traité n'a pas été ponctuellement observé par la Grande-Bretagne ; que Nicaragua s'est appliqué à remplir fidèlement ses engagements, et que s'il n'en a point encore accompli certaines conditions, le fait est résulté de causes entièrement étrangères à sa volonté ;

5° Enfin, que la République ne doit rien à la tribu mosquita pour les restes de la subvention, et moins encore à titre d'intérêts.

I

ÉTABLISSEMENT DE SUJETS BRITANNIQUES SUR LE LITTORAL DU CONTINENT ESPAGNOL ET DANS LES ILES ADJACENTES

Il y a plus de deux cents ans qu'un certain nombre de sujets de la Grande-Bretagne s'établirent sur la côte de Mosquitos et sur divers autres points du continent espagnol et des îles adjacentes pour y exercer le commerce et s'adonner à la coupe des bois de teinture. Ces étrangers se trouvèrent naturellement placés sous la protection de leur gouvernement; mais comme ils occasionnaient, en même temps, de graves dommages aux revenus de la monarchie espagnole et à la paix de ses colonies, en introduisant dans leurs spéculations des affaires de contrebande, et que, dans ce but, ils allaient jusqu'à favoriser les rébellions des Indiens contre les autorités constituées, le gouvernement espagnol s'efforça d'éloigner de son territoire ces hôtes nuisibles.

A cette fin, il fut stipulé dans l'article 4 du traité préliminaire de paix, signé à Versailles le 20 janvier 1783 entre Leurs Majestés Catholique et Britannique, que Sa Majesté Catholique ne permettrait pas à l'avenir que les sujets de Sa Majesté Britannique fussent inquiétés ou molestés, sous aucun prétexte dans leur occupation de couper, charger et transporter le bois de teinture ou de campêche dans un district, dont les limites seraient déterminées, et qu'ils pourraient, pour cet objet, fabriquer sans empêchement et occuper sans interruption les maisons et les magasins dont ils auraient besoin, tant pour eux que pour leurs familles et leurs effets, dans le lieu qui serait fixé, soit par le traité définitif, soit six mois après l'échange des ratifications. Sa Majesté Catholique leur assurait, enfin, par cet article, l'entière jouissance de ce qui restait ci-dessus stipulé, sous la réserve que ces stipulations ne seraient point, bien entendu, considérées comme dérogeant en rien au droit de sa souveraineté.

Le district indiqué par cette convention pour servir de refuge aux sujets britanniques établis dans tout le continent espagnol et dans les îles adjacentes, fut fixé et délimité par le traité définitif de paix que les deux puissances signèrent à Versailles le 3 septembre 1783. On y stipulait, article 6 : « que l'intention des hautes parties contractantes étant de prévenir, autant que possible, tous les motifs de plainte et de mésintelligence auxquels avait antérieurement donné lieu la coupe du bois de teinture ou de campêche ; de nombreux établissements anglais s'étant fondés ou répandus sous ce prétexte dans le continent espagnol, il était expressément convenu que les sujets de S. M. B. auraient la faculté de couper, charger et transporter le bois de teinture dans le district, compris entre les rivières Valiz ou Vellese et rio Hondo ; le cours de ces deux rivières devant former la limite inaltérable, de telle sorte que leur navigation restât commune aux deux nations, à savoir : le rio Valiz ou Vellese, depuis la mer, en montant, jusque vis-à-vis un lac ou bras mort qui s'introduit dans le pays et y forme un isthme ou gorge dans un second bras pareil, qui vient du rio Nuevo ou New River ; en sorte que la ligne délimitative traversera directement l'isthme et parviendra jusqu'à l'autre lac, formé par les eaux du rio Nuevo ou New River, et continuera ensuite sa marche par le cours du rio Nuevo, en descendant jusqu'en face d'un ruisseau, dont l'origine est signalée sur la carte entre le rio Nuevo et le rio Hondo, et qui va se décharger dans ce dernier fleuve.

« Les commissaires respectifs détermineront les parages convenables du territoire déjà désigné pour que les sujets de S. M. B., employés au travail du bois, puissent sans obstacle y fabriquer les maisons et les magasins, qui seraient nécessaires pour eux, pour leurs familles et pour leurs effets; et S. M. C. leur assure la jouissance de tout ce que stipule le présent article : il reste bien entendu que ces stipulations ne seront point considérées comme dérogatoires, en aucun cas, aux droits de sa souveraineté. En conséquence, tous les Anglais qui peuvent se trouver dispersés dans d'autres parties quelconques, soit du continent espagnol, soit de toute île dépendant dudit continent espagnol et pour d'autres raisons, quelles qu'elles puissent être, sans exception, se réuniront dans le territoire ci-dessus délimité, dans un terme de dix-huit mois, à dater de l'échange des ratifications. . . . .

. . . . Il est également stipulé que, s'il existe actuellement, dans la partie désignée, des fortifications antérieurement érigées, S. M. B. les fera toutes démolir et qu'il ordonnera à ses sujets de n'en point construire de nouvelles. Il sera permis aux habitants anglais qui se livreront à la coupe du bois, d'exercer librement la pêche pour leur subsistance, sur la côte du district ci-dessus mentionné ou des îles qui font face à ce territoire, sans être inquiétés en aucune façon pour ce fait; à la condition qu'ils ne s'établissent en aucune manière dans lesdites îles. »

Voici une stipulation dans laquelle le gouvernement de S. M. B. reconnaît clairement et péremptoirement les droits de S. M. C. sur le continent espagnol, y compris le district assigné aux sujets anglais pour la coupe du bois de teinture ou campêche.

Cet article fut d'ailleurs corroboré et amplifié par la convention conclue entre S. M. C. et le roi de la Grande-Bretagne pour cet objet, signée à Londres le 14 juillet 1786 et ratifiée par les deux monarques. Cette convention était destinée à affirmer, par tous les moyens possibles, l'amitié qui unissait les deux gouvernements et les deux royaumes et leur désir mutuel d'éviter jusqu'à l'ombre d'une mésintelligence, qu'auraient pu faire naître de certains doutes, mauvais procédés ou autres motifs de désacord entre les sujets habitant les frontières des deux monarchies, et plus spécialement dans les régions éloignées, c'est-à-dire dans leurs possessions d'Amérique.

L'article 1er portait : « que les sujets de S. M. B. et les autres colons, qui avaient joui jusqu'à ce moment de la protection de l'Angleterre, devaient évacuer le territoire de Mosquitos, ainsi que le continent en général et les îles adjacentes, sans exception, qui se trouvent situées en deçà de la ligne ci-dessus déterminée, comme devant servir de frontière à l'extension du territoire concédé par S. M. C. aux Anglais pour les usages spécifiés dans l'article 3 de la présente convention, en plus des pays qui leur avaient été déjà concédés dans les stipulations arrêtées par les commissaires des deux couronnes pendant l'année 1783 ».

L'article 2 du traité assignait aux sujets britanniques des limites plus étendues que celles spécifiées dans la dernière convention de paix.

Par l'art. 3, S. M. C. étendait la faculté accordée aux Anglais de couper du bois de teinture à toute espèce de bois, sans en excepter le caoba, et leur faisait d'autres concessions quant à l'exploitation des produits naturels, en établissant toutefois d'une manière expresse que cette stipulation ne devait, dans aucun cas, servir de prétexte pour établir dans ce pays la culture du sucre, du café, du cacao ou de produits analogues, ni de fabriques ou manufactures; car, étant incontestablement admis que les terrains dont il s'agissait appartenaient tous à la couronne d'Espagne, des établissements *de cette nature* ne pouvaient y être *fondés,* ni par les occupants actuels, ni par la population qui occuperait le territoire après eux.

Entre autres conditions, l'art. 7 stipulait « que les habitants desdites régions (où il n'était concédé aux Anglais que la faculté unique d'utiliser à leur profit les bois de différentes espèces, les fruits ou autres productions dans leur état naturel) s'emploieraient seulement à la coupe et au transport des bois, ainsi qu'à la récolte et au transport des fruits, sans songer à la formation d'autres grands établissements, ni à celle d'un système de gouvernement militaire ou civil, sauf les règlements que Leurs Majestés Catholique et Britannique jugeraient convenable de promulguer afin de maintenir l'ordre et la tranquillité entre leurs sujets respectifs ».

Par l'art. 9, il était dit : « que toutes les précautions possibles seraient observées pour empêcher la contrebande, et que les Anglais se conformeraient avec soin aux règlements que le gouvernement espagnol croirait devoir établir pour ses sujets, dans les communications qu'ils pourraient avoir avec eux ».

Il était enjoint, par l'art. 10, de faciliter à tous les Anglais dispersés les moyens de se transférer dans les établissements déterminée par ladite convention, en conformité de l'art. 6 du traité définitif de 1783.

L'art. 12 stipulait que : « l'évacuation convenue serait complètement terminée dans un délai de six mois après l'échange des ratifications, ou avant s'il était possible ».

Par l'art. 14, Sa Majesté Catholique, n'écoutant que ses sentiments d'humanité, promettait au roi d'Angleterre de ne pas user de sévérité envers les Indiens Mosquitos, habitant la partie des régions qui devaient être évacuées en vertu de la convention, eu égard aux relations qui avaient existé entre lesdits Indiens et les Anglais; et Sa Majesté Britannique s'engageait de son côté, à défendre rigoureusement à tous ses vassaux de fournir des armes ou munitions de guerre aux Indiens en général, habitant les frontières des possessions espagnoles.

Des stipulations qui viennent d'être reproduites il ressort manifestement que le territoire mosquito, de même que tout le continent et les îles adjacentes, ne cessa jamais d'être sous la souveraineté de la monarchie espagnole, et, par une conséquence naturelle, qu'en déclarant l'indépendance de l'Amérique à l'égard de la métropole espagnole, les nations émancipées du continent américain assumèrent tous les droits souverains qui avaient appartenu à la mère-patrie.

Toutefois un agent britannique, M. Federico Chatfield, a prétendu que les Mosquitos avaient eu toujours, à leur manière, des rois ou princes héréditaires, et entretenu des rapports constants avec l'Angleterre pendant plus de deux siècles.

S'autorisant des « Annales de la Jamaïque de Bridge », il fit remarquer que : « en 1687, lorsque le gouverneur duc d'Albemarle se rendit dans cette île, les Indiens sollicitèrent la protection de la couronne d'Angleterre, en alléguant que le comte de Warwick, sous le règne de Charles II, avait pris possession de plusieurs îles dans les Indes Occidentales, spécialement de celle de « la Providence », voisine de leur propre territoire; et que, désireux d'établir entre eux des relations d'amitié, le comte avait réussi à emmener avec lui en Angleterre un fils du roi, le laissant en otage à son ami le colonel Morris; que le prince indien y demeura trois années, et que son père étant mort dans l'intervalle, il avait cru qu'il était préférable pour ses sujets d'être gouvernés par le monarque d'Angleterre, entre les mains duquel il abdiqua son autorité et à qui, avec toute sa tribu, il jura obéissance et fidélité;

« Qu'une nouvelle et formelle cession ayant été faite par les Mosquitos au souverain anglais, ce prince donna une commission au roi mosco, laquelle fut concédée par le duc d'Albemarle sous le sceau de la Jamaïque;

« Qu'à partir de cette époque la coutume fût établie pour les rois ou caciques mosquitos, à leur avènement, d'aller à la Jamaïque rendre hommage en présence du gouverneur de la colonie, ce dont il existe des témoignages officiels;

« Qu'en 1720, l'assemblée de cette île, ainsi qu'il résulte d'actes authentiques, ratifia un traité conclu, le 25 juin de ladite année, entre le gouverneur de la colonie Nicolas Lawes et Jeremias, roi des Mosquitos, où ce dernier s'engageait à prêter assistance aux Anglais contre les nègres marrons qui s'étaient soulevés;

« Que les Indiens Mosquitos secondèrent fidèlement les Anglais, en diverses circonstances, quand les forces espagnoles attaquèrent l'établissement de Belize, et que, en 1780, un corps considérable d'entre eux prit part à l'expédition anglaise sur le *San Juan* »;

« Que, de temps en temps, une autorité anglaise était chargée de gouverner l'établissement dans le territoire mosquito, et que ces nominations furent régulièrement enregistrées depuis l'année 1741 ;

« Que, bien que l'Angleterre ait évacué la côte de Mosquito en vertu de la convention de 1786, le gouvernement espagnol n'a pu pour cela l'occuper, et que les Indiens continuèrent à faire parade de leur indépendance et de n'avoir jamais été subjugués, en conservant des rapports continuels avec la Jamaïque, principal point avec lequel ils pratiquaient le commerce ;

« Que le pouvoir de l'Espagne ayant disparu du continent, et qu'étant tombées en désuétude les obligations des traités qui s'y rattachaient, les Indiens renouvelèrent leurs anciennes relations de commerce et d'amitié avec les Anglais, en faisant revivre l'antique coutume de couronner leurs rois dans les domaines de la Grande-Bretagne. »

« En effet, le roi Federico fut couronné à Belize en 1815, Roberto Carlos Federico en 1825 et le roi actuel, George-Guillaume Clarence, en 1845. »

L'agent britannique, s'appuyant de l'historien Guatemalteco, don Domingo Juarros, qui écrivit de 1808 à 1818, assure que la côte de Mosquitos, sous la dénomination de « Provinces de Taguzgalpa et Totogalpa », ne fut jamais conquise par le gouvernement espagnol ni sujette à son autorité; il ajoute qu'elle était habitée par des Indiens incultes et sauvages, entretenant des relations de commerce avec les Anglais.

Il affirme, en outre, en invoquant les Relations de don Diego de la Haya, gouverneur de Costa-Rica en 1720; la « Gazette officielle de Guatemala » d'avril

1730; « le Mémoire » de don José Lacayo de Briones, gouverneur de Nicaragua en 1744, et les lettres des évêques Tristan y Villegas et d'autres autorités : que le gouvernement espagnol, convaincu de l'impossibilité d'asservir les Mosquitos par la force, crut devoir reconnaître leur nationalité, afin de capter leur bon vouloir et de délivrer ainsi les provinces et les populations frontières des déprédations de ces Indiens;

« Que les communications et la correspondance échangées entre les autorités espagnoles et mosquitas furent conduites comme il est d'usage de le faire entre nations indépendantes; que quelques États américains, en se séparant de l'Espagne, firent des actes explicitès de reconnaissance au roi de la nation mosquita »; et il fait appel à d'autres arguments plus ou moins futiles pour démontrer l'existence de cette prétendue nation, sa succession de rois ou princes héréditaires, et ses relations de protection avec la Grande-Bretagne.

Mais tous ces arguments demeurent réfutés par les stipulations que nous avons mentionnées, et en vertu desquelles l'Angleterre reconnaît les droits souverains de la monarchie espagnole sur le territoire mosquito et ses habitants, et où Sa Majesté Catholique, déclarant « céder à un sentiment d'humanité, promet au roi d'Angleterre qu'Elle n'usera pas de sévérité envers les Indiens Mosquitos pour les relations qui avaient existé entre eux et les Anglais ».

Dans toutes ces conventions et d'autres que nous ne citons pas, il n'a jamais été fait mention de l'existence d'une nation mosquita indépendante de la monarchie espagnole, ni de la succession de rois dont s'autorise l'agent de la Grande-Bretagne dans le Centre-Amérique.

L'histoire, empruntée aux Annales de la Jamaïque, en la supposant véridique dans tous ses détails, démontrerait uniquement que le roi supposé de Mosquitia, avec toute sa tribu, en abdiquant son pouvoir prétendu en faveur de la couronne d'Angleterre et en faisant acte de vasselage devant le gouverneur de la Jamaïque, ne formaient, pour ainsi dire, qu'une agglomération d'hommes incivilisés et incultes, une horde incapable de comprendre les droits qui incombent à une nation souveraine.

D'autre part, on ne saurait admettre le principe que les chefs rebelles à la souveraineté de la nation aient le droit de se soumettre à une nation étrangère et d'y soumettre le pays qu'ils prétendent représenter. Un tel principe consacrerait la dissolution des sociétés.

Les arguments fondés sur ces circonstances que les autorités de la colonie anglaise de la Jamaïque célébraient des conventions avec les Indiens, et que Sa Majesté Britannique exerçait sa souveraineté sur la côte de Mosquitos, en y envoyant des autorités pour administrer l'établissement britannique sur cette côte, prouvent qu'il n'existait ni rois indigènes ni alliances avec le gouvernement anglais; ils démontrent la violation des pactes solennels célébrés avec la monarchie espagnole.

C'est une assertion inexacte que celle de M. Chatfield, assurant, d'après l'autorité de l'historien Juarros, que les autorités espagnoles n'exercèrent jamais une véritable domination sur le territoire des Mosquitos. Il résulte, en effet, de documents authentiques que lesdites autorités maintenaient des établissements à Bluefields, au cap de Gracias à Dios y Rio Tinto; qu'ils avaient au cap une administration de finances, de laquelle émana la nomination de don José Anza y Torres, et qu'à Rio Tinto il se rencontrait, en 1800, un groupe de population, un fort et une garnison espagnols, sous le commandement de don Antonio Echeverria.

D'autres faits prouvent l'exercice effectif de la souveraineté de l'Espagne sur les Mosquitos, et, en particulier, cette circonstance que le fils aîné de Carlos Castilla (chef de ces Indiens, marié, à la fin du siècle passé, avec doña Maria Rodriguez, du district de Chontales) était boursier dans le séminaire Tridentino, de la ville de Léon, sous l'autorité du gouverneur de cette province, et qu'il obtint du gouvernement espagnol le grade et la solde de capitaine.

Mais les documents qui démontrent d'une manière irréfragable que le monarque espagnol exerçait une souveraineté effective sur la côte de Mosquitos, dont la population se développait, et que cette côte, de même que le port de San Juan del Norte, ont toujours appartenu à Nicaragua, ce sont les ordonnances royales du 26 février 1796, du 28 mars de la même année, de 1798, du 20 novembre 1803 et du 31 mars 1808, toutes destinées à ouvrir le port de San Juan del Norte pour que la province de Nicaragua et les autres provinces du royaume de Guatemala, éloignées de plus de 300 lieues de la capitale, et les ports de Omoa et de San Tomas de Castille pussent faire leur commerce direct avec la métropole et protéger une expédition conduite par don Juan Zavala de Cadiz au port de San Juan.

On peut lire dans l'ordonnance royale du 31 mars 1808 :

« Le roi a pris connaissance de ce que vous exposez dans votre lettre du 3 janvier 1806, n° 609, et dans celle du 18 juillet de la même année, n° 652, accompagnant le mémoire relatif à la navigation et au commerce de la rivière San Juan de Nicaragua, proposant le maintien de sa libre franchise, et que, afin de développer le défrichement et la mise en culture des terrains limitrophes, il soit concédé à leurs habitants les mêmes faveurs que celles accordées par l'ordonnance royale du 20 novembre 1803 aux nouveaux habitants des côtes de Mosquitos, franchise aussi de droits et le dixième, pendant dix années, des fruits qu'on y récolte, jusqu'à une distance de dix lieues de la rivière, sur l'une et l'autre de ses rives.

« Le roi, ayant été informé très en détail des conclusions de cet exposé, a bien voulu approuver les mesures que vous proposez, et il a résolu, en outre, qu'une population, n'excédant pas 300 âmes, pourrait s'établir dans les environs de ladite rivière de Nicaragua. »

Indépendamment de ces documents historiques qui démontrent l'exercice de la souveraineté de l'Espagne sur San Juan del Norte et la côte de Mosquitos, on peut rappeler que la Fédération américaine maintint constamment dans ledit port de San Juan une douane, dont Nicaragua entra en possession quand la Fédération fut dissoute.

Ajoutons que le fait de cette souveraineté se trouva reconnu d'une manière éclatante par les agents mêmes de la Grande-Bretagne, au sujet du blocus dudit port, exécutés en 1842 et 1844.

Le vice-amiral, sir Adam Knigt, commandant en chef des forces navales de Sa Majesté Britannique dans l'Amérique du Nord, les Indes occidentales et mers adjacentes, consigna ce qui suit dans sa déclaration du 24 janvier 1844 : « Je déclare bloqué le port de San Juan de Nicaragua, et la cessation de tout trafic commercial jusqu'à ce que toutes les réclamations des sujets de Sa Majesté Britannique aient reçu satisfaction. »

Il demeure donc établi, en résumé, que le port de San Juan del Norte et la côte de Mosquitos ont appartenu, de tout temps, à la souveraineté de l'Espagne, aux droits de laquelle a succédé le Nicaragua; qu'à aucune époque n'a existé une succession de caciques ou princes héréditaires indépendants, avec des droits souverains sur le territoire, et que le protectorat britannique ne s'est exercé ni ne saurait s'exercer équitablement sur cette tribu.

II

PRÉTENTIONS QUI SE SONT PRODUITES A L'ÉGARD DU PROTECTORAT BRITANNIQUE SUR LA PRÉTENDUE MONARCHIE MOSQUITA.

Malgré le grand nombre de documents, témoignant l'inanité absolue d'une monarchie mosquita et d'un protectorat britannique, les agents de l'Angleterre, depuis l'indépendance du Centre-Amérique, ont supposé l'existence, dans la tribu des Mosquitos, d'une ancienne monarchie héréditaire, alliée à l'Angleterre et placée sous son protectorat.

Cette prétention ne se manifesta pas dans les premiers temps de l'Indépendance : elle date seulement de 1838.

Le vice-consul britannique, don Juan Foster, par une communication du 10 septembre de cette année, fit savoir au pouvoir exécutif de Nicaragua que le consul général venait d'être informé que le Suprême Gouvernement était en train de disposer de terrains appartenant aux Mosquitos, sur la côte du Nord; que cette tribu formait une nation formellement reconnue par Sa Majesté Britannique et qu'elle ne verrait point avec indifférence toute disposition tendant à l'aliénation desdits terrains.

Le 22 du même mois, le gouvernement répondit au vice-consul britannique, en niant l'aliénation des terrains désignés; car, en effet, cette disposition n'existait pas; mais il déclara, en même temps avec énergie qu'aucune nation ne pouvait l'empêcher de disposer de terrains compris dans le territoire de l'État.

Le gouvernement, par une communication du 22 septembre, porta cet incident à la connaissance de l'Assemblée constituante, ainsi que la prétention, suggérée aux Mosquitos par leurs protecteurs anglais, de s'emparer du littoral nord de cet isthme jusqu'au port de Boca Toro.

Le document où pour la première fois apparaît l'intervention d'un employé du gouvernement britannique dans les affaires des Mosquitos, est le testament de Roberto Carlos Federico, chef de cette tribu, établi le 25 février 1840. Le colonel don Alejandro Mac Donald, superintendant de l'établissement de Belize, ayant attiré le cacique sur ce point, en le comblant d'attentions et de soins et le fêtant de toute manière, Roberto Carlos déclara « que c'était sa volonté et plaisir que les affaires de son royaume fussent remises aux mains des commissionnés nommés par lui, sur la proposition de Son Éminence le colonel Mac Donald, afin qu'elles fussent conduites, dirigées et administrées, sous la sanction et avec l'approbation dudit colonel Mac Donald; ces commissaires ayant les fonctions et les pouvoirs de régents pendant la minorité de son héritier ». Il nomme ledit colonel Mac Donald et les commissaires tuteurs de ses fils, qui sont les princes Jorje, Guillermo, Clarens et Alejandro et les princesses Inès et Victoria. En cas de mort dudit colonel Mac Donald, les commissaires susnommés, en leur qualité de tuteurs et régents, auront recours au gouvernement de Sa Majesté la reine de la Grande-Bretagne pour qu'on remplisse la vacance laissée par son décès.

« En publiant et manifestant cette volonté et ce désir, je prie instamment que la très excellente Majesté la reine de la Grande-Bretagne continue à prêter bienveillamment à mes héritiers et à ma nation cette protection que mes ancêtres ont reçue pendant si longtemps, et qui a conservé la paix et la prospérité de mes domaines. »

Le consul général anglais, don Federico Chatfield, se rendit à Nicaragua en 1842; il y fut conduit par la réclamation faite le 15 octobre 1841 au gouvernement de Sa Majesté Britannique, au sujet de l'enlèvement du colonel don Manuel Quijano, alors administrateur du port de San Juan du Nord, effectué par le superintendant de Bélize, colonel Alejandro Mac Donald.

M. Chatfield allégua, pour disculper Mac Donald d'une intervention illégitime dans la souveraineté de Nicaragua, que le port de San Juan appartenait au territoire mosquito.

Sur ces entrefaites, le superintendant de Belize informa, le 10 novembre 1841, le gouvernement de Nicaragua que Sa Majesté Britannique, étant résolue à maintenir les relations politiques existantes avec son ancien allié le roi de la nation mosquita, continuerait à reconnaître ce prince comme indépendant et souverain, et à lui donner sa protection pour la jouissance et la conservation de ses justes droits; assurant, au nom du gouvernement de la Jamaïque, qu'à l'égard du territoire en question entre l'État de Nicaragua et la nation mosquita, les autorités anglaises étaient dans les meilleures dispositions pour entamer une négociation amiable.

Le gouvernement répondit à cette note par une communication du 20 janvier 1842, où il faisait remarquer qu'il n'avait jamais existé de litige territorial avec la tribu mosquita et que, pour faire une réponse complète à la susdite note, il était indispensable :

1° Que le superintendant produisît la créencielle par laquelle le gouvernement de Sa Majesté Britannique l'avait autorisé à entrer dans des relations de cette nature avec les différents gouvernements du Centre-Amérique, et

2° Qu'il remît aussi un exemplaire authentique du traité de l'alliance qu'il disait avoir été formée par Sa Majesté Britannique avec le chef de la tribu mosquita.

Le consul Chatfield garda le silence jusqu'au 1er juillet 1844; à cette date, il passa aux États de l'Union centre-américaine une circulaire, les avisant que Sa Majesté la reine Victoria continuerait à étendre sa protection sur son ancien allié le roi mosquito, en contribuant à maintenir son autorité légitime, à encourager la civilisation de ses sujets, à défendre ses droits territoriaux et à développer les ressources naturelles du pays.

Il nomma, à cet effet, M. Walker, ancien secrétaire de la superintendance de Belize, consul résident dans le territoire mosquito, et offrit le concours de Sa Majesté Britannique, en tout temps, pour un arrangement équitable des points contestés.

Le 10 juillet 1844, M. Walker, nommé consul par le gouvernement de Sa Majesté Britannique, arriva à Bluefields, sur la frégate anglaise *Espartana*.

Estanislao Bell, prenant le titre de shériff et de commandant élu par la Régence durant la minorité du prétendu souverain mosquito, écrivit au gouvernement de Nicaragua, en date du 12 août de cette année, à l'égard du rendement improductif de la pêche du Carey, que le fait « provenait de ce que la côte méridionale de San Juan de Nicaragua était occupée par les naturels, tant dudit état que de Costa-Rica ; ce qui constituait une infraction aux droits de Sa Majesté Mosquita, et rendait nécessaire des mesures répressives à l'avenir, sans qu'on pût répondre des représailles qui en résulteraient, au cas contraire ».

Le 16 du même mois et de la même année, Estanislao Bell fit parvenir au gouvernement de Nicaragua une protestation, qu'il disait avoir rédigée, à cette date, en présence du consul Walker, et qui était ainsi conçue :

« J'affirme et déclare que, de temps immémorial, les limites de ce royaume, au sud et à l'est, ont été un lieu appelé King Buppare (le Débarcadère du Roi), à quelques lieues à l'est de la lagune de Chiquiriqui ; que toute la côte de Nicaragua, y compris l'endroit dit « le Débarcadère du Roi », et le pays tout entier depuis cette côte jusqu'à la chaîne des volcans de Veraguas et Costa-Rica à Sarapiqui, dans la rivière San

Juan de Nicaragua, furent, de date immémoriale, sujets et tributaires des rois mosquitos. »

Le 26 mai 1845, le consul général britannique dirigea une nouvelle circulaire aux gouvernements des États, les avisant que le jeune roi mosquito venait d'être couronné, le 10 de ce mois, dans l'établissement de Belize.

A cette notification, le gouvernement de Nicaragua répondit le 17 juillet 1845, en reproduisant la protestation que M. Francisco Castellon, ministre plénipotentiaire de Nicaragua et Honduras, avait adressée le 25 septembre 1844 au Cabinet britannique, au sujet de l'occupation de Bluefields par les Anglais, et où il exposait les bases légitimes du droit territorial que conservait Nicaragua sur toute la côte du nord.

Le couronnement du chef mosquito fut suivi d'un nouveau silence, interrompu seulement en 1847 par les rumeurs qui circulèrent que les protecteurs des Mosquitos se préparaient déjà à effectuer l'appropriation du littoral nord de la République par l'occupation violente du port de San Juan.

Le 1er juillet de la même année, le consul Walker, prenant sous sa protection le sieur Barruel, sujet français, qui avait été arrêté par ordre de la Comandancia du port, avait dit à cette autorité :

« Je crois convenable de vous faire savoir (ce dont vous n'avez eu jusqu'à présent qu'imparfaitement connaissance) que M. Federico Chatfield, consul général de Sa Majesté près les États du Centre-Amérique, a reçu des instructions pour désigner à ces États les limites que le Gouvernement britannique est déterminé à maintenir comme relevant du droit du souverain des Mosquitos, et qui comprennent la rivière de San Juan. »

Le gouvernement de Nicaragua recourut à M. le vice-consul britannique, entre les mains duquel il avait liquidé en son temps la dette fédérale anglaise, pour lui demander des informations sur la nouveauté qu'annonçait M. Walker ; protestant, d'ailleurs, de l'irresponsabilité de Nicaragua, par suite de l'impuissance à laquelle on l'avait réduit de payer sa dette, en le dépouillant de son meilleur port.

Il expédia, en outre, une circulaire, datée du 23 juillet 1847, aux gouvernements du Centre-Amérique pour les instruire de la prochaine usurpation projetée et en les invitant à faire connaître leurs dispositions pour la défense de la cause générale.

M. le vice-consul répondit le 26 du même mois, en confirmant la nouvelle, sans prendre, tout au moins, en considération, les grands embarras qu'éprouvait Nicaragua pour assurer son crédit avec le public anglais.

Les gouvernements frères manifestèrent, d'autre part, à Nicaragua leur résolution de sauver la patrie menacée.

Ce gouvernement reçut du consul général de Sa Majesté Britannique une communication, datée du 10 septembre 1847, où il était dit : « Que le gouvernement britannique, eu égard aux questions suscitées à diverses époques avec les États de Honduras et de Nicaragua, quant aux frontières maritimes du royaume des Mosquitos, après avoir attentivement examiné les faits, était d'opinion que le droit territorial du roi mosquito devait être maintenu, comme s'étendant du cap de Honduras à l'embouchure du rio San Juan » ; ajoutant qu'il était chargé, en conséquence, de prévenir les suprêmes gouvernements de ces deux États, que cette extension de côte était considérée par Sa Majesté Britannique comme celle à laquelle le roi mosquito avait droit sans préjudice de ce qui pouvait lui revenir dans quelque territoire plus au sud du San Juan.

Ce document se terminait par cette déclaration que « Sa Majesté ne pourrait voir avec indifférence une tentative quelconque d'usurpation à l'égard des droits territoriaux du souverain mosquito, qui se trouvait placé sous sa protection ».

En présence d'un semblable avis, le gouvernement de Nicaragua conçut l'idée de porter ces faits à la connaissance des puissances européennes, et il accrédita, pour cet objet, le 8 octobre, un plénipotentiaire près des cours de France, de Hollande et de Belgique, M. José de Marcoleta, porteur d'un mémoire très étendu sur les évènements qui se préparaient et les droits auxquels on allait attenter, le chargeant de donner communication du litige au Parlement britannique.

Le 14, le gouvernement répondit au consul général de Sa Majesté Britannique, en affirmant, comme il convenait, les droits de Nicaragua.

Le 25, M. Jorge Hodgson, revêtu du titre d'ancien

conseiller du roi mosquito, intima au commandant de San Juan, M. Rafaël Bermudez, par l'entremise du commandant de la frégate de guerre de Sa Majesté Britannique, *Alarma*, qui se présenta dans ledit port le 26 au soir, qu'il eût à quitter l'établissement avant deux mois.

La même intimation fut faite au gouvernement; il y était, de plus, déclaré que, si le 1er janvier 1848 l'évacuation du port n'avait pas eu lieu, on aurait recours à la force pour obtenir ce résultat.

Le commandant protesta dignement et énergiquement, le 27 octobre, contre la violence exercée pour s'emparer de cette antique propriété de la République, et, le 8 novembre suivant, le gouvernement écrivit à M. Hodgson « que le litige se discutait, en ce moment même, avec le consul de Sa Majesté Britannique, qui semblait être suffisamment autorisé pour le résoudre; mais qu'au cas où l'occupation du port s'effectuerait auparavant par la force, le gouvernement de Nicaragua était disposé à user de toutes ses ressources pour défendre la dignité de l'État ».

Il dirigea, en outre, le 11 du même mois, une communication au gouvernement de la Jamaïque, invoquant son autorité afin d'empêcher l'abus qui se faisait des forces navales de Sa Majesté Britannique pour troubler les relations de paix et de commerce, porter atteinte à la tranquillité de l'État et usurper ses droits les moins contestables et les plus sacrés.

Toutes ces circonstances furent portées à la connaissance des gouvernements les plus honorés du continent, en considération des grands intérêts généraux qui se rattachaient au litige et de la juste cause de Nicaragua.

L'effet, du reste, suivit la menace, et, le 1er janvier 1848, les pavillons de la Grande-Bretagne et des Mosquitos furent arborés dans le port de San Juan del Norte ; les frégates de Sa Majesté Britannique *Nixen* et *Alarma* en firent l'intimation aux autorités, qui protestèrent solennellement et se retirèrent dans l'intérieur.

Les forces nicaraguayennes ayant fait une tentative pour recouvrer le port, un conflit eut lieu entre elles et la garnison anglaise : à la suite de cet engagement militaire, le capitaine Grandville Lock, de la marine britannique, remonta le rio San Juan, pénétra dans le lac Nicaragua, et conclut, le 7 mars 1848, dans l'île de Cuba, adjacente à la ville de Grenada, avec les plénipotentiaires de Nicaragua, une convention, en vertu de laquelle le gouvernement de la République s'engageait à ne point attaquer à l'avenir la ville de San Juan, et se reconnaissait le droit de constituer à Londres un plénipotentiaire chargé de négocier la restitution du port et de mettre un terme, par un règlement définitif, aux difficultés qui avaient malheureusement surgi, et qui subsistaient encore entre Sa Majesté Britannique et la République de Nicaragua.

Tels sont les considérants dont s'appuie la prétention britannique à l'existence de la monarchie mosquita et du protectorat anglais sur cette contrée. Nous les relatons ici, non pour raviver des circonstances que le Nicaragua désirerait sincèrement mettre en oubli, en considération de ses bons rapports avec le

Cabinet britannique, mais bien afin que l'arbitre ait sous les yeux un ensemble de précédents suffisants pour juger le fond de la question, et qu'appréciant l'irrégularité des faits et leur désaccord absolu avec les principes du droit international, il tienne compte de l'indéniable propriété de Nicaragua sur le territoire que lui a restitué la convention de 1860, par une juste décision touchant les points controversés.

Pour rendre plus manifestes encore les droits de propriété de Nicaragua sur le territoire mosquito, il n'est point inopportun de porter à la connaissance de l'arbitre cette circonstance, que, le 22 août 1847, le gouvernement nicaraguayen, voulant s'assurer si les Indiens Mosquitos avaient pris spontanément contre Nicaragua une attitude hostile, et s'ils se reconnaissaient la qualité de Nicaraguayens, envoya en commission, au cap de Gracias à Dios, MM. Manuel Diaz et Juan Altamirano, pour conclure un arrangement avec le chef de la tribu mosquita.

Le commissaire Diaz rencontra, dans un lieu appelé Muco, la princesse Ines Anna Federico, sœur aînée du jeune Indien qui se trouvait à Bluefields avec le titre de roi. Cette princesse, d'un commun accord avec sa famille, reconnut et déclara sans hésiter qu'elle était Nicaraguayenne, et que la contrée appartenait à la souveraineté de l'État, puisqu'elle formait partie d'un de ses départements.

Une convention, signée le 28 octobre 1847, confirma authentiquement cette reconnaissance.

De son préambule et de l'article 1er il résultait :

1° Que les Mosquitos déclaraient être fils du même État, et qu'ils jouissaient des mêmes droits que ceux octroyés à tous les Nicaraguayens par les lois du pays, en leur laissant les libertés de leur condition sauvage;

De l'article 2, qu'ils s'engageaient à ne point inquiéter la libre navigation, ni l'exercice de la pêche, dans les eaux de la côte;

De l'article 3, qu'ils promettaient leurs services pour ouvrir sur le littoral mosquito toutes les voies de communication et former tous les établissements nécessaires afin de créer un commerce régulier, par cette route, avec les nations étrangères; qu'ils s'engageaient, en outre, à ne pas permettre, sur ladite côte, la formation de colonies, ni autres établissements, sans le consentement formel du suprême gouvernement de l'État souverain de Nicaragua;

De l'article 4, que le gouvernement nicaraguayen, avec les forces dont il dispose et le concours des Mosquitos, devait défendre ce littoral toutes les fois qu'il pourrait être envahi par des puissances étrangères, et fonder les établissements militaires nécessaires à sa sécurité;

De l'article 5, que les Mosquitos convenaient de s'opposer à l'introduction, sur ce point, de marchandises étrangères, à l'exception de celles que le gouvernement de Nicaragua aurait désignées;

Enfin, de l'article 6, qu'ils reconnaissaient cette côte comme une dépendance de l'État de Nicaragua, dont elle formait territorialement partie.

Le gouvernement de Nicaragua ratifia cette convention le 4 décembre 1847, mû par le louable mobile de maintenir, d'une part, l'harmonie entre tous les habitants du pays, leur obéissance et le respect envers le suprême gouvernement de l'État, et, d'autre part, de faciliter, de toutes les manières possibles, la civilisation des tribus errantes sur la côte du nord et le commerce étranger dans cette partie du territoire.

Il reste donc établi que l'existence, officiellement invoquée, de relations politiques entre la couronne britannique et la tribu mosquita est de date très récente, et que ces relations, comme on vient de le voir, ont été maintenues dans des conditions peu conformes au mode qu'elles affectent habituellement entre des nations indépendantes.

III

EFFORTS DE NICARAGUA POUR RENTRER EN POSSESSION DE SON TERRITOIRE DE LA CÔTE NORD. — LE TRAITÉ DU 28 JANVIER 1860. BUT DE CE TRAITÉ. — SON EXÉCUTION PAR LES GOUVERNEMENTS SIGNATAIRES. — CAUSES LE LA CONTROVERSE.

Dès que le conflit engagé avec les forces britanniques eut été réglé par la convention préalable de Cuba, le gouvernement de Nicaragua, d'accord avec celui de Honduras, constitua une légation à Londres, sous la direction de M. Francisco Castellon. Ce diplomate exposa, devant le Cabinet anglais, les droits de Nicaragua à la possession du port de San Juan del Norte et à la côte de Mosquitos, en appuyant ses déductions sur des documents irrécusables et sur les principes du droit des gens universellement reconnus. Il se fit l'interprète des dispositions toutes conciliantes de son gouvernement pour le règlement définitif du litige. La restitution du port de San Juan del Norte et le payement des dommages et préjudices qu'avait occasionnés à la République l'occupation de ce port par les forces britanniques, furent réclamés par M. Castellon comme une juste réparation de l'offense infligée à Nicaragua par ce procédé violent, sans qu'on eût usé à son égard des moyens en usage dans les pays civilisés pour la solution des différends internationaux.

Le plénipotentiaire nicaraguayen proposa d'ailleurs la célébration d'un traité d'amitié, en vertu duquel seraient complètement définis tous les éléments de désaccord; il exprima, au nom des gouvernements de Nicaragua et de Honduras, les meilleures intentions à l'égard des Indiens Mosquitos, qu'on laisserait en pleine jouissance de leurs usages et coutumes. Il déclara, en outre, au nom des deux gouvernements, qu'une fois la restitution du port et le payement des dommages et intérêts effectués, le *statu quo* serait rétabli pour la question, tel qu'il existait au 1er novembre 1841; date à laquelle le superintendant de Belize les avait conviés à la nomination de commissaires, chargés de reconnaître et de fixer définitivement les limites du territoire de Mosquitos, en attendant que les principales puissances des deux continents eussent reconnu son indépendance: ce que feraient alors elles-mêmes les Républiques de Nicaragua et de Honduras.

Malgré la persévérance de ses efforts et la médiation du cabinet de Washington, M. Castellon dut retourner à Nicaragua sans avoir obtenu de la Grande-Bretagne l'équitable réparation qu'il demandait, ni un arrangement acceptable et satisfaisant du litige : ce qui eût mis un terme au malaise des affaires de la côte septentrionale de la République.

Le Cabinet anglais maintint avec insistance que les Mosquitos formaient une nation distincte, que cette nation avait un roi, et que ce roi était son allié et son protégé.

Le gouvernement de Nicaragua dut alors chercher sa sauvegarde dans les nations américaines, intéressées à maintenir les mêmes principes que soutenait cette République à l'égard de l'intégrité du territoire américain et de la sujétion des tribus errantes indigènes à l'État dans les limites duquel elles se rencontraient. Il rendit compte de l'état des choses au gouvernement de Colombie et réussit à rendre plus étroites ses relations avec le cabinet de Washington, dont la précieuse intervention pouvait lui faire espérer la reconnaissance de ses droits et la restitution de son territoire.

Ces deux États firent des déclarations très explicites quant aux anciens droits de Nicaragua sur San Juan del Norte ; se refusant à admettre l'indépendance de la tribu des Mosquitos, ni que le territoire centro-américain se trouvât démembré, sous prétexte de favoriser cette indépendance.

Le 19 avril 1850 fut, par suite, signé entre les États-Unis et la Grande-Bretagne le traité dit Clayton Bulwer, qui avait principalement pour objet d'assurer la neutralité du territoire centro-américain, en vue de la communication interocéanique par le moyen d'un canal au travers de l'isthme de Nicaragua. A dater de cette époque, des modifications furent apportées au gouvernement établi à San Juan del Norte en 1848 : on dota le port de franchises; ce qui semblait dénoter, de la part de la Grande-Bretagne, des tendances à en abandonner la domination.

Le 30 avril 1852, les honorables Daniel Webster, secrétaire d'État des États-Unis, et Juan F. Crampton, envoyé extraordinaire et ministre plénipotentiaire de Sa Majesté Britannique, présentèrent aux gouvernements de Nicaragua et Costa-Rica quelques bases recommandées pour l'arrangement de leurs questions de limites et pour celle de la République de Nicaragua, à l'égard du territoire disputé par les Indiens Mosquitos.

Ces derniers, conformément aux bases proposées, devaient être mis en possession d'un district du pays, sur lequel ils exerceraient leur juridiction, ainsi que l'avait déterminé le traité de Managua, cédant le reste du territoire, y compris San Juan, en pleine propriété à Nicaragua, à la condition que cette République leur concéderait, pendant trois années, le produit net de tous les droits, qui seraient imposés et recueillis à San Juan, à raison de 10 pour 100 *ad valorem,* sur tous les articles introduits dans l'État par le port sus-mentionné.

Nicaragua s'engagerait, d'après ces bases, à ne point molester les Indiens Mosquitos et à ne point se mêler avec eux dans le territoire qui leur serait réservé; à respecter les concessions de terrains faites par ces Indiens depuis le 1er janvier 1848, à moins cependant que ces concessions ne fissent obstacle, soit à d'autres légalement octroyées, antérieurement à cette date, par l'Espagne, la Confédération centro-américaine ou par Nicaragua, soit aux privilèges et aux opérations de la Compagnie du Canal Atlantique et temporairement de Transit; ni, enfin, que dans ces concessions ne fussent compris les terrains dont aurait besoin Nicaragua pour des forteresses, des arsenaux ou d'autres édifices publics.

L'article 2 déterminait qu'aucune difficulté ne serait opposée à la conclusion d'un pacte entre Nicaragua et les Indiens Mosquitos pour leur incorporation définitive à la République, qu'ils jouiraient des mêmes prérogatives et seraient soumis aux mêmes devoirs que les Nicaraguayens.

L'autorité municipale et publique, dans la ville de San Juan del Norte, devait être possédée et exercée par le gouvernement de Nicaragua; toutefois ce gouvernement s'engagerait à ne point frapper d'un droit de tonnage ni d'aucun autre droit d'importation les articles en transit qui seraient introduits à San Juan del Norte par l'isthme ou pour la consommation dans tout autre État que Nicaragua, à moins que le droit de tonnage ne fût nécessaire pour la conservation du port ou pour la construction et l'entretien des phares et des magasins, et qu'il n'excédât point douze centavos pour chaque colis.

Les autres clauses des bases proposées se rapportaient aux limites territoriales entre Nicaragua et Costa-Rica et à la garantie donnée aux droits de la Compagnie américaine du Canal maritime Atlantico-Pacifique et temporairement de Transit.

L'ensemble de ces propositions ne fut point accepté par Nicaragua, qui manifesta l'intention de voir les points qu'elles traitaient soumises à un arbitrage; protestant de nouveau contre toute ingérence étrangère dans les affaires de son administration et contre l'emploi de la force pour violenter ses droits et sa volonté.

On rappelle ici ces bases pour que l'arbitre puisse apprécier les idées qui prévalaient dans les Cabinets britannique et nord-américain touchant les droits de Nicaragua sur le port de San Juan del Norte; les franchises qui devaient être octroyées audit port, sous la domination exclusive de la République, et la convenance, pour la tribu mosquita, d'une incorporation définitive à l'État de Nicaragua, avec les mêmes droits et les mêmes devoirs que les autres citoyens.

C'est en conformité de ces vues qu'intervint entre Nicaragua et la Grande-Bretagne la convention du 28 janvier 1860, par laquelle cette dernière nation reconnut comme partie intégrante de Nicaragua et soumis à sa souveraineté le pays occupé ou réclamé jusqu'alors par les Indiens Mosquitos, au-dedans des frontières de la République.

Ce traité mit fin, sur le territoire mosquito, au protectoral britannique, lequel devait cesser trois mois après l'échange des ratifications, afin que le gouvernement de Sa Majesté pût donner les ordres nécessaires à l'exécution des clauses consacrées.

Par l'article 2, ladite convention assigne aux Indiens, dans le territoire de la République, un district qui ne peut être cédé par eux à aucune personne ni à aucun État étranger, mais qui doit être, au contraire, maintenu sous la souveraineté constante de Nicaragua.

Elle concède, par l'article 3, aux Mosquitos le droit de se gouverner et de gouverner les habitants de la *Reserva*, d'après leurs coutumes et suivant les règlements qu'ils peuvent, de temps en temps, édicter, pourvu que ces règlements ne soient point incompatibles avec les droits souverains de Nicaragua. La République s'engage à respecter les usages et règlements établis ou à établir.

L'article 4 stipule qu'aucune clause de la convention ne pourra mettre obstacle à l'incorporation absolue des Indiens à la République de Nicaragua.

L'article 5 détermine que cet État, désireux d'améliorer la situation des Indiens et de pourvoir à la subsistance des autorités de la *Reserva*, s'engage à concéder auxdites autorités pendant dix années une allocation annuelle de cinq mille piastres fortes, qui seront payées à San Juan entre les mains de la personne autorisée pour cet objet par le chef des Mosquitos.

Nicaragua, par l'article 6, prend l'engagement de constituer et de déclarer le port de San Juan « port libre » sous sa souveraine autorité. Considérant d'ailleurs les immunités dont les habitants de San Juan ont joui jusqu'alors, la République consent, pour l'avenir, à leur garantir le jugement par jurés de toutes les causes civiles et criminelles, ainsi que l'entière liberté de croyance religieuse et de culte public et privé.

La convention stipule, en outre, qu'on ne fera peser ni droits ni charges dans ledit port sur les navires, à l'entrée comme à la sortie, à l'exception des impôts nécessaires pour l'entretien et la sécurité de la navigation, l'approvisionnement des places et le payement des frais de police. On ne prélevera pas non plus, dans le port libre, de droits sur les effets qui y seront transportés en transit de mer à mer; mais rien dans le contenu de cet article ne doit être interprété comme s'opposant à ce que Nicaragua prélève les droits accoutumés sur les objets destinés à la consommation dans le territoire de la République.

Les autres articles se rapportent aux aliénations de terrains, faites *bona fide,* au nom de l'autorité mosquita, depuis le 1er janvier 1848.

Cette convention, tout d'abord, fut exécutée des deux parts avec une religieuse fidélité : lord Russell fit savoir péremptoirement au consul britannique de San Juan del Norte, à l'occasion d'une note dirigée par ce fonctionnaire au ministère des affaires étrangères sur la convenance de proposer à la tribu mosquita certaines bases de gouvernement, que le protectorat anglais sur ce territoire avait cessé d'exister; ajoutant que le gouvernement de Sa Majesté ne devait pas émettre la prétention d'intervenir dans les actes du gouvernement mosquito; de lui faire entendre des conseils, ni de se croire offensé, parce qu'il n'avait pas tenu compte des bons offices offerts.

Cette dépêche exprimait, on le voit, d'une manière formelle, la détermination du Cabinet britannique de ne point intervenir dans les affaires de la Mosquitia.

Toutefois, le consul de Sa Majesté à San Juan, dans une communication du 22 juillet de la même année, dirigée au gouverneur-intendant du port, don Ramon Saenz, interprétant d'une manière inattendue l'article 3 du traité, relatif à la Mosquitia, attribuait aux Indiens le droit d'imposer toute espèce de taxes, de punir les délits de toute nature, avec la mort, l'amende ou la prison, etc., etc., etc.; de concéder des terres par voie de fermage pour objets de culture, amélioration, mines, coupes de bois, etc.; tous ces privilèges ne dérogeant pas, selon lui, à la considération et au respect des droits du pouvoir souverain, et n'étant, à aucun titre, en opposition avec eux; déclarant, enfin, que toutes les personnes, résidant dans l'intérieur de la *Reserva territoriale* étaient soumises aux lois et règlements qu'adopteraient les Mosquitos.

Le consul anglais assurait, en faisant cette interprétation, répondre ainsi à la pensée de Sa Majesté Britannique, qui lui avait ordonné de donner, dans ses correspondances avec les autorités de Nicaragua, relatives aux Indiens, une extension interprétative, juste et libérale à l'article 3 du traité, et il priait le gouvernement de Nicaragua de se montrer animé du même esprit.

Il faisait, en outre, observer que les Indiens de Mosquitia, dans les temps passés, avaient constitué un peuple indépendant, pénétré d'un sentiment confraternel envers l'Angleterre pour ses conseils et sa protection, comme les fils le sont envers leurs pères, et qu'ils avaient accepté les conditions que le traité leur imposait, par cette seule raison que le gouvernement anglais avait jugé ces arrangements salutaires pour leur avenir; que les Mosquitos avaient agréé l'interprétation donnée à l'article 3 de cette convention. Le consul britannique, en terminant, appelait les réflexions du suprême gouvernement sur ce point : « Que la volonté du peuple de Mosquitia pouvait, à court terme, résoudre favorablement l'objet indiqué dans l'article 4 du traité, c'est-à-dire l'incorporation absolue des Indiens à la République, en les traitant pacifiquement et libéralement; aidés, d'ailleurs, en ceci par les conseils que le consul de Sa Majesté pouvait se trouver en liberté de donner au peuple mosquito. »

Bien que le gouvernement de Nicaragua ait tenu pour erronée l'interprétation donnée à l'article 3 du traité comme lésant les droits souverains de l'État, il ne peut méconnaître que l'intention du consul anglais de San Juan del Norte n'ait été d'amener les Indiens, au moyen d'un traitement extrêmement doux et bienveillant, à réaliser l'esprit de l'article 4, en s'absorbant d'une manière définitive et absolue dans la nationalité de Nicaragua; mais les conseillers de la *Reserva* nourrissaient des vues différentes, et leur soin constant a été de semer l'hostilité entre les habitants de la

Mosquitia et les Nicaraguayens, en exerçant contre ces derniers des vexations et des persécutions, en rendant impossible la haute surveillance du pouvoir souverain sur ce territoire, et en affaiblissant systématiquement l'influence naturelle dont ce pouvoir avait besoin pour atteindre les résultats que le traité entre Nicaragua et la Grande-Bretagne avait pour but fondamental de produire.

Cette conduite égoïste et intéressée de la part des étrangers qui se sont arrogé le gouvernement de la *Reserva* a eu pour effet d'empêcher l'accomplissement par l'Angleterre des stipulations du traité, en l'obligeant, par des réclamations mal fondées, à intervenir dans les points, relatifs à la Mosquitia, qu'elle s'était engagée à abandonner.

Quant à Nicaragua, il s'acquitta religieusement, pour sa part, des obligations contractées, en payant avec ponctualité la subvention stipulée dans l'article 3 de la convention de Managua, et en respectant les usages et les coutumes des Mosquitos dans l'exercice de leur gouvernement local.

Vers l'année 1865, des difficultés commencèrent à surgir entre le gouvernement et les agents britanniques, touchant l'intelligence du traité.

En 1864, le chef des Mosquitos étant mort, les étrangers habitant la *Reserva* procédèrent à l'élection d'un nouveau cacique, sans l'intervention des Indiens, et d'une manière entièrement contraire aux pratiques auxquelles ils se livraient, en pareil cas, depuis bien longtemps.

Les étrangers nommèrent au commandement de la tribu un enfant de onze ans, cousin du défunt Caudillo.

Des investigations poursuivies pour constater ce fait, et où figurent des déclarations de personnes très respectables, habitant la côte, et très au courant des traditions des Indiens, il est résulté que ceux-ci sont habitués à élire leur chef par le moyen de réunions populaires, convoquées dans les différents *palenques*, et que leur désir dans le cas susdit était de choisir un fils naturel de celui qui venait d'expirer.

Contrairement à cette coutume, les étrangers de la *Reserva* procédèrent à l'élection nouvelle, et se constituèrent les tuteurs et les gardiens du petit roi, en s'arrogeant, comme tels, toutes les attributions du gouvernement de la *Reserva*.

Pour ce motif, le gouvernement de Nicaragua déclara l'élection illégitime, et résolut de suspendre le paiement de la subvention mosquita jusqu'à ce que les Indiens eussent un représentant régulier, gardant d'ailleurs en réserve les quantités arriérées pour les remettre à la personne compétente.

Mais cette disposition si correcte du gouvernement ne fut pas sans soulever avec les agents britanniques de longs débats, qui permirent à Nicaragua de démontrer que la prétention des étrangers qui se sont emparés de la *Reserva Mosquita* était opposée à la lettre comme à l'esprit du traité de Nicaragua, et très périlleuse pour la sécurité et pour l'indépendance du pays.

D'autres difficultés avaient été soulevées, en même temps, à l'occasion du décret de Nicaragua du 4 octobre 1864, ordonnant que l'introduction des articles étrangers pour le territoire mosquito s'effectuerait par le port de San Juan del Norte, et d'après les mêmes règles qui régissaient les introductions de cette nature dans les autres parties de la République.

Le décret du 4 octobre réglementait le cabotage et l'exportation des fruits soit naturels, soit industriels du territoire mosquito ou du reste de la République pour ce littoral, et déclarait propriété de l'État les îles et îlots dont ce littoral était environné.

Quoi qu'il fût tout semblable à divers contrats passés avec plusieurs étrangers pour la coupe des bois, l'exploitation du caoutchouc et d'autres produits sur la côte de Mosquitos, ce décret provoqua les réclamations des agents britanniques et d'étrangers de nationalités variées. Ils prétendirent que Nicaragua n'avait pas été mis en droit par la convention de 1860 de promulguer des décrets concernant des points relatifs à la *Reserva Mosquita*.

De nombreuses discussions eurent lieu à ce sujet entre les représentants de la Grande-Bretagne et des États-Unis et le gouvernement de Nicaragua : ce dernier n'eut aucune peine à établir, par des arguments irrécusables, que la souveraineté sur ce territoire lui avait été reconnue par la convention avec l'Angleterre et que, comme souverain, il avait sur lui un droit entier de domination, et principalement sur les eaux, îles et îlots adjacents; que cette domination suprême lui donnait la faculté qui appartient seulement à la souveraineté, d'affranchir les ports, de réglementer le commerce et de disposer des propriétés nationales.

Notre ministre à Londres, le général don Tomas Martinez, qui fut chargé spécialement de régler ce litige, exposa, quant aux points en question, des considérations analogues, très lumineuses.

Lord Stanley, alors ministre des relations extérieures du Cabinet britannique, assura M. Martinez que le gouvernement de Sa Majesté verrait avec une véritable satisfaction l'incorporation absolue de la Mosquitia à la République, unique moyen de mettre un terme aux démêlés qui surgissent, et qui sont aussi fâcheux pour l'Angleterre que pour la République de Nicaragua.

Le gouvernement nicaraguayen appelle l'attention de l'arbitre sur la détermination et l'étendue des droits de souveraineté que lui reconnut la convention du 28 janvier 1860 et qui se trouvent consignés dans les principaux articles.

Par le premier, ainsi qu'il a été dit déjà, le pays occupé ou réclamé par les Indiens Mosquitos est reconnu comme placé sous la souveraineté de Nicaragua, et formant partie intégrante de son territoire.

Par le second, la convention assigne aux Mosquitos un district dans l'intérieur de la République, en stipulant que cette région restera sous la souveraineté de Nicaragua, et que lesdits Indiens ne pourront la céder à personne, ni à aucun gouvernement étranger.

Par le troisième, la convention concède aux Indiens le gouvernement local du district; mais les règlements qu'ils pourront adopter ne doivent pas s'opposer aux droits souverains de Nicaragua.

La souveraineté de cet État sur le territoire réclamé par les Indiens ressort donc de toutes ces clauses, avec l'évidence la plus manifeste, et par conséquent la République est en plein droit d'ouvrir les ports à l'importation et à l'exportation des produits, d'imposer des taxes sur ces produits ou de les exonérer de toute charge, de fermer les ports lorsqu'elle croit cette mesure utile au commerce de la République, de réglementer le cabotage et de délivrer des patentes pour l'exploitation des produits naturels dans les terrains nationaux.

Si les autorités mosquitas, dont le droit consiste uniquement à gouverner la tribu et les personnes qui y résident, donnent des concessions pour l'exploitation des bois nationaux, si elles ouvrent des ports et perçoivent des droits d'importation et d'exportation, elles exercent, par de telles mesures, des droits de souveraineté qui ne leur appartiennent point et infligent en même temps, par ces abus, des dommages irréparables à la République de Nicaragua, puisqu'ainsi les établissements de la côte se trouvent convertis en une source de commerce illégitime, au grave préjudice des rentes nationales et du commerce régulier, qui acquitte avec ponctualité les impôts.

Le gouvernement nicaraguayen a démontré dans les discussions que l'introduction de marchandises étrangères au territoire de la *Reserva* ne peut avoir en vue d'alimenter réellement la consommation de la tribu, qui, par ses habitudes, repousse les articles étrangers, mais bien de fomenter la contrebande dans l'intérieur de la République, et qu'un semblable résultat ne saurait être l'objectif que se sont proposé les négociateurs de la convention.

Plus tard ont été soulevées des questions et réclamations de commerçants étrangers, établis à San Juan del Norte, et qui prétendaient y restreindre la souveraineté de Nicaragua. Ils assuraient que par l'article 7 du traité de 1860, constituant et déclarant libre le port de San Juan sous la souveraine autorité de Nicaragua, le gouvernement avait perdu sur lui tous ses droits administratifs : prétention vaine, car le sens du mot « port libre » est seulement relatif à l'exemption de droits pour les articles qui restent dans le port ou qui en sortent directement, sans aucun rapport à la souveraineté réelle que Nicaragua possède incontestablement sur San Juan del Norte.

En outre, l'article 7 donnait au gouvernement la faculté d'établir sur les navires entrant dans le port sus-nommé, ou qui en sortaient, les droits ou charges rendus nécessaires pour l'entretien et la sécurité de la navigation, pour l'approvisionnement des phares et pour le payement des frais de police du port. Il laissait, enfin, à Nicaragua pleine sécurité pour prélever *les droits en usage sur les articles destinés à la consommation dans le territoire de la République.*

Or, la côte mosquita étant partie intégrante du territoire et sous la souveraineté de Nicaragua, le gouvernement était pleinement autorisé à imposer les droits généraux d'importation et d'exportation dans le territoire de la *Reserva*.

Le 22 juin 1877, le gouvernement décréta un droit d'exportation sur les produits du pays, pour s'ajouter aux frais d'arrangement du port et de la rivière de San Juan. Cette mesure donna lieu à une réclamation des étrangers résidant dans le port, la déclarant attentatoire au traité de Managua, qui avait reconnu San Juan port libre. Le gouvernement rejeta cette réclamation comme mal fondée, et les réclamants, à l'appui de leur prétention, recoururent alors au gouvernement britannique, qui la considéra comme digne d'attention.

Ce point est l'un de ceux sur lesquels doit porter la décision de l'arbitre.

De cette prétention se dégagent deux questions de haute importance :

1° Nicaragua a-t-il la faculté d'établir des impôts sur les articles du pays qui passent par San Juan del Norte?

2° Les commerçants de San Juan del Norte ont-ils le droit d'en appeler au gouvernement britannique des dispositions administratives du gouvernement de Nicaragua, et la Grande-Bretagne a-t-elle celui d'intervenir dans ces décisions, à titre de signataire du traité de Managua?

Pour la première question, le gouvernement nicaraguayen entend que c'est pour Nicaragua un droit incontestable d'établir des impôts sur les articles du pays qui passent par le port de San Juan del Norte.

Quant à la deuxième question, Nicaragua croit que ni les commerçants n'ont le droit d'en appeler à la

Grande-Bretagne, pour aucun motif, ni celle-ci le droit d'intervenir dans les affaires des Mosquitos. Par la lettre et l'esprit de la convention, la Grande-Bretagne s'est désistée du protectorat sur cette partie du pays; et continuer à intervenir dans les questions qui la concernent, à titre de signataire de la convention de Managua, serait l'exercer indéfiniment, contre l'intention du traité lui-même.

Il a été dit par les représentants britanniques que l'expression « Souveraineté » signifie un droit analogue à celui qu'exerce le souverain seigneur sur le feudataire, c'est-à-dire le droit d'empêcher que le feudataire passe sous la domination d'un tiers; et que le droit concédé aux Indiens Mosquitos de se gouverner eux-mêmes et de gouverner les habitants de la *Reserva* comprend le gouvernement *de facto* sur le territoire réservé, avec cette seule restriction de ne pas le soumettre au gouvernement *de jure* d'une autre puissance.

Le gouvernement appelle sur ces déductions le plus sérieux examen de l'arbitre, eu égard à l'irrégularité que cette interprétation produirait dans la contrée mosquita.

Si l'on exclut Nicaragua de la surveillance qui lui correspond, comment pourra-t-il s'assurer que les actes et les règlements des Indiens ne sont pas contraires à ses droits souverains ?

La clause, déterminant que les règlements que de temps à autre peuvent adopter les Indiens pour le gouvernement de la *Reserva* ne sont point incompatibles avec le droit de souveraineté de Nicaragua, implique nécessairement pour cette République la faculté de les examiner, de les approuver, de les réformer ou de les repousser. Il serait autrement impossible d'atteindre au but que se propose l'article 4 de la convention, savoir : l'incorporation absolue des Indiens dans l'intégralité territoriale de la République. D'autre part, si le droit de souveraineté se bornait à empêcher l'aliénation du territoire, l'autorisation concédée aux Indiens d'édicter des règlements serait complètement superflue, puisque, à part cette unique restriction, ils exerceraient *de facto* la souveraineté, et il suffirait à Nicaragua de se reposer dans son droit d'annuler cette aliénation, toutes les fois qu'il viendrait à la découvrir.

Il faut, en outre, remarquer que Nicaragua, constituant le souverain, doit avoir les moyens de protéger les agents consulaires qui s'établissent dans cette contrée avec l'*exequatur* du gouvernement, et de prévenir les abus qui pourraient compromettre la responsabilité nationale.

Dès lors, rien de plus naturel que la République arbore dans cette partie du pays son pavillon en signe de souveraineté, et qu'elle ait toute la force d'action nécessaire pour le faire respecter et pour accomplir toutes les mesures qui n'attentent point au libre exercice du gouvernement local de la tribu.

Il est une autre question parmi celles qui ont surgi entre Nicaragua et la Grande-Bretagne : elle se rapporte à la suspension de paiement de la subvention mosquita, et, par suite, à la réclamation du capital et des intérêts sur les quantités réservées.

Le gouvernement de Nicaragua a repoussé cette prétention, en se fondant sur cette circonstance que si un défaut de paiement s'est produit, ce retard a été déterminé par des causes légitimes, c'est-à-dire par la violation flagrante des coutumes des Indiens Mosquitos pour l'élection du chef et du gouvernement de la *Reserva;* par le désir de sauvegarder le bien-être desdits Indiens, dont la convention de Managua s'était proposée d'améliorer la situation, et, en dernier lieu, par la demande relative aux intérêts; la dette contractée par Nicaragua en faveur des Mosquitos n'étant pas de celles qui en comportent par leur nature.

Loin de se considérer comme débitrice desdits capital et intérêts, la République de Nicaragua croirait avoir droit, tout au contraire, à une indemnité de la part du gouvernement de la *Reserva,* si cette contrée ne formait point partie intégrante de son territoire; par cette raison que les autorités de la *Reserva* ont bénéficié pendant dix-neuf années de droits qui revenaient au pouvoir de Nicaragua, et que leur conduite illicite a causé de sérieux préjudices au commerce de la République et à la vie comme aux propriétés de plusieurs Nicaraguayens.

C'est sans doute, guidé par les mêmes considérations que le ministre américain, dans le Centre-Amérique, M. Jorge Williamson, dirigea au secrétaire d'État, M. Fish, une dépêche datée de Guatemala, le 10 janvier 1875, où il était dit entre autres :

« On assure qu'on doit considérer comme digne de foi que le gouvernement de Nicaragua se propose de payer au roi mosquito la somme d'argent qui lui serait due par le traité de 1860. Une telle manière d'agir paraîtrait étourdie, sinon même d'une véritable candeur, « Such a proceding would seen to be unwise it not positively silly ».

Il n'est donc pas possible de douter que Nicaragua n'ait fait tous les efforts en son pouvoir pour recouvrer pacifiquement et légitimement la possession de son territoire sur la côte nord;

Que le traité du 28 janvier de 1860 a eu pour objet de restituer à Nicaragua cette possession et cette souveraineté, en garantissant aux Indiens Mosquitos un certain degré d'indépendance dans le gouvernement intérieur de la tribu, jusqu'au moment de son incorporation définitive à la République;

Que la convention de 1860 a été exécutée par la République avec une entière bonne foi;

Que si le Nicaragua a suspendu le payement de la subvention, cette mesure a été dictée par des causes justes;

Que les prétentions illégitimes des tuteurs des Indiens et de quelques étrangers établis à San Juan del Norte ont donné naissance à la violation du traité par la Grande-Bretagne et aux controverses qui se sont élevées entre les deux gouvernements;

Et qu'enfin Nicaragua ne doit ni le capital ni les intérêts qu'on lui réclame pour les sommes réservées, ces sommes se trouvant plus que compensées par les bénéfices que les autorités de la « Réserve » ont recueillis de l'usufruit de la souveraineté qu'elles ont illégalement exercée dans cette partie du territoire.

IV

ARGUMENTS NOUVEAUX QUI PROUVENT LA DOMINATION DE NICARAGUA SUR LA COTE DE MOSQUITOS. — CONCLUSION

Dans les développements qui précèdent ont été exposés les arguments principaux et les plus probants qui servent de base aux droits incontestables de Nicaragua à la souveraineté du littoral nord tout entier, en en négligeant beaucoup d'autres qui paraissaient inutiles aux objets de la présente controverse.

Toutefois il ne semble pas superflu, pour éclairer le jugement arbitral sur les questions qui vont être décidées, de faire connaître les opinions du gouvernement de l'Union américaine à l'égard des droits de Nicaragua sur ce littoral, avant la célébration du traité entre la République et l'Angleterre; ces opinions pouvant concourir efficacement à bien déterminer l'esprit de ladite convention.

Le 3 juin 1848, le secrétaire d'État des États-Unis disait à M. Elija Hise, consul et chargé d'affaires des États-Unis à Guatemala :

« L'indépendance et aussi les intérêts des peuples de ce nouveau continent exigent que ces nations maintiennent en Amérique un système politique totalement différent de celui qui régit l'Europe. Souffrir la moindre intervention des gouvernements d'Europe dans les affaires intérieures des Républiques américaines, et permettre qu'ils y établissent des colonies nouvelles, serait mettre en péril leur indépendance et causer la ruine de leurs intérêts. »

Le Président des États-Unis, Zacarias Taylor, à propos de la menace d'occuper San Juan, écrivait ce qui suit au Président de Nicaragua, le 3 mai 1849 :

« Votre Excellence peut être assurée que nos efforts amicaux, quant à Nicaragua et à la Grande-Bretagne, seront sympathiques, sincères et inspirés par le désir que les *justes droits territoriaux de Nicaragua soient toujours respectés par les nations.* »

Le 2 mai de la même année, le secrétaire d'État de l'Union américaine avait transmis au représentant des États-Unis en Angleterre la déclaration suivante :

« Le Président est pleinement décidé par l'opinion juste que l'Espagne ayant découvert et occupé cette partie du continent américain, l'indépendance prétendue des Mosquitos, même en supposant qu'elle eût été tolérée par cette puissance, n'a point annulé son droit de domination sur le territoire réclamé en faveur de ces Indiens, de même que l'indépendance, au même degré, de toutes les différentes tribus n'a point annulé ni ne peut compromettre la souveraineté des autres nations, y compris celle de l'Angleterre, sur toute la portion du territoire du même continent. Tous les droits territoriaux de l'Espagne sur les anciennes possessions ont fait retour aux États qui se sont formés plus tard, et cette propriété doit être considérée comme appartenant à ces mêmes États, à moins qu'ils n'y aient renoncé volontairement. »

Dans une autre dépêche du 20 octobre 1849, relative au protectorat, le secrétaire d'État de l'Union américaine écrivait :

« Lord Palmerston déclare que le territoire mosquito n'appartenait point à l'Espagne, ce qui est évidemment une déclaration assez hasardée et, de plus, en contradiction avec toute l'histoire de cette nation. Si le territoire de Mosquitos n'a point appartenu à l'Espagne, pourquoi l'Angleterre a-t-elle abandonné ses projets de colonisation sur ce territoire, en présence des exigences du gouvernement espagnol ?

« C'est aujourd'hui un fait plus que notoire que les Mosquitos forment une tribu de sauvages qui habitent le même pays découvert par l'Espagne, et qui a toujours été réclamé par elle, en se fondant sur des droits acquis, sur des droits reconnus en plusieurs occasions par la Grande-Bretagne dans les traités signés avec l'Espagne. Conséquemment, les droits de cette dernière puissance ou de son représentant, la République de Nicaragua, n'autorisent pas le moindre doute, ni ne peuvent être discutés sous ce prétexte que la République de Nicaragua n'a acquis avec son indépendance que l'unique prérogative AU GOUVERNEMENT PROPRE. Ces droits ne sauraient être ni périmés ni affaiblis parce que l'Espagne et Nicaragua n'ont pas jugé convenable de subjuguer ces Indiens, ou de les priver de leurs terres, en occupant le territoire. »

Il disait encore, dans une communication officielle du 2 décembre de la même année :

« Le gouvernement des États-Unis ne peut jamais

reconnaître l'indépendance des Indiens Mosquitos, ni admettre qu'ils aient le moindre droit ni souveraineté sur le port de San Juan del Norte ou sur quelque autre point voisin du pays. Ces Indiens ne sont ni ne peuvent être jamais appelés à constituer une population maritime, et, par conséquent, ils ne peuvent non plus faire usage des embouchures du San Juan ni d'aucune autre partie du littoral. »

S'appuyant sur ces doctrines et sur beaucoup d'autres, qui ressortent des documents dirigés officiellement au Congrès et des discours prononcés dans les deux Chambres par d'éminents hommes d'État, en confirmation des droits de Nicaragua, M. de Marcoleta réclama auprès du gouvernement américain contre la tentative de H.-L. Keney pour coloniser la côte de Mosquitos en 1855, au moyen d'un titre émané du chef mosco.

Le gouvernement américain accorda pleine satisfaction à la réclamation de Nicaragua, en ruinant les plans de la Compagnie colonisatrice, et en poursuivant et obligeant à se débander tous ceux qui s'étaient rassemblés, au nom de la Compagnie, pour mener à fin cette entreprise.

Beaucoup d'autres preuves témoignent du droit de Nicaragua sur le territoire disputé par les Mosquitos, notamment ce fait que toutes les constitutions de la République ont fixé pour limite est et nord-est la mer des Antilles, et que cette démarcation ne fut jamais contestée ni par les Mosquitos ni par leurs protecteurs.

Par cet exposé et les documents divers qui s'y rattachent, on voit clairement :

1° Que la monarchie espagnole exerça sur San Juan del Norte et la côte de Mosquitos la pleine souveraineté, et que Nicaragua succéda aux droits de l'Espagne, quand cette République déclara son émancipation politique de la métropole;

2° Que la tribu mosquita n'a pas eu capacité pour exercer les droits souverains d'une nation indépendante, et qu'en conséquence elle n'a pu jamais légalement contracter d'alliance avec une nation étrangère ni solliciter son protectorat;

3° Que les relations des sujets britanniques avec la tribu des Mosquitos n'ont pu avoir le caractère d'internationales et qu'une intervention officielle dans leurs affaires est de date très récente et nullement conforme aux pratiques admises parmi les nations;

4° Qu'après l'occupation du port de San Juan del Norte par les forces britanniques, Nicaragua fit des efforts conciliants pour recouvrer la possession de ce dont elle avait été privée, et qu'elle constitua à Londres une mission spéciale pour terminer cette question par un traité; mais que cette mission ne put avoir aucun caractère satisfaisant, la Grande-Bretagne ayant continué à appuyer les prétentions de ses sujets sur la côte de Mosquitos;

5° Que le traité du 28 janvier 1860 fut la conséquence de l'intervention des États-Unis dans les affaires du Centre-Amérique, manifestée dans le traité Clayton-Bulwer du 19 avril 1850, lequel explique suffisamment l'intention du premier; intention qui avait pour but de restituer à Nicaragua la souveraineté réclamée par les Indiens Mosquitos et l'abandon par la Grande-Bretagne sur ce territoire de toute domination, protection ou influence ;

6° Que la République du Nicaragua, étant souveraine dudit territoire, est en plein droit d'exercer tous les actes qui dérivent de la domination supérieure, pourvu que ces actes n'affectent pas le gouvernement local de la *Reserva*, qui doit être exercé, du reste, par les Mosquitos au moyen de règlements ne s'opposant point aux droits souverains de Nicaragua ;

7° Qu'en sa qualité de souverain, Nicaragua a le droit de réglementer le commerce extérieur de la *Reserva ;* d'ouvrir et de fermer ceux des ports pour lesquels l'une ou l'autre de ces mesures lui paraît opportune ; d'accorder des concessions pour l'exploitation des bois et autres produits naturels dans la « Reserva » ; d'établir des impôts de tonnage sur tous les navires qui arrivent à San Juan del Norte, pour l'entretien, la conservation et l'amélioration du port, et d'appliquer dans le territoire de la *Reserva* les droits généraux qui régissent les autres parties de la République ;

8° Que les habitants de San Juan del Norte, étant soumis à la souveraineté de Nicaragua, n'ont pas le droit d'en appeler des mesures administratives de son gouvernement à celui de la Grande-Bretagne, ni le Cabinet anglais d'intervenir dans ces mesures, à titre de signataire du traité de Managua, parce que ce serait évidemment contrarier l'esprit de la convention en exerçant indéfiniment un protectorat dont l'Angleterre s'est détachée trois mois après l'échange des ratifications ;

9° Que l'impôt relatif à l'exportation, établi par le décret du 22 juin 1877, est légal, attendu qu'il n'altère en rien la dénomination de port libre donnée à San Juan del Norte, afin de favoriser le transit de mer à mer, qui s'effectuait par l'isthme de Nicaragua à l'époque de la convention ;

10° Que le traité de 1860, peut-être en dépit des parties contractantes, a été violé dans sa lettre et dans son esprit par les autorités de la Mosquitia, secondées par les agents britanniques ; et, finalement,

11° Que Nicaragua ne doit rien aux Indiens Mosquitos comme capital, et moins encore à titre d'intérêts, pour le retard de la subvention ; car la valeur de cette subvention, concédée aux Indiens, a été plus que compensée par l'usufruit illégal de la souveraineté dont ils ont joui pendant une durée de dix-neuf années, et par les graves préjudices que ce fait a causés aux rentes nationales et aux intérêts particuliers.

Le gouvernement de Nicaragua demeure profondément convaincu que, prenant en légitime considération les précédents exposés, l'arbitre émettra un jugement équitable, laissant bien définis les droits des parties, et qui écartera pour l'avenir tout motif de controverse. Il se flatte également que le gouvernement éclairé de la Grande-Bretagne rendra l'accord facile et qu'il lèvera, de son côté, tout obstacle, pour que la question reste heureusement et définitivement terminée.

Paris. — Typ. Georges Chamerot, 19, rue des Saints-Pères. — 8799.

L
M

www.ingramcontent.com/pod-product-compliance
Ingram Content Group UK Ltd.
Pitfield, Milton Keynes, MK11 3LW, UK
UKHW020326220726
13923UKWH00003B/1387